岁月顾自流淌

王金辉 ◎ 著

黄河出版传媒集团
宁夏人民出版社

图书在版编目（CIP）数据

岁月顾自流淌／王金辉著. — 银川：宁夏人民出版社，2016.11
ISBN 978-7-227-06503-6

Ⅰ. ①岁… Ⅱ. ①王… Ⅲ. ①诗集—中国—当代
Ⅳ. ①I227

中国版本图书馆CIP数据核字（2016）第273492号

岁月顾自流淌　　王金辉　著

责任编辑　陈　浪
装帧设计　朱振涛
责任印制　肖　艳

黄河出版传媒集团
宁夏人民出版社　出版发行

出 版 人　王杨宝
地　　址　宁夏银川市北京东路139号出版大厦（750001）
网　　址　http://www.nxpph.com　http://www.yrpubm.com
网上书店　http://shop126547358.taobao.com　http://www.hh-book.com
电子信箱　nxrmcbs@126.com　renminshe@yrpubm.com
邮购电话　0951-5019391　5052104
经　　销　全国新华书店
印刷装订　宝鸡日报印务有限公司
印刷委托书号　（宁）0003372

开本　889 mm × 1194 mm　1/32
印张　6　　字数　146千字
版次　2017年1月第1版
印次　2017年1月第1次印刷
书号　ISBN 978-7-227-06503-6/I · 1698

定价　30.00元

目　录

第一辑 乡情篇

乡愁……………………………………………………3
写给孩子………………………………………………4
空空的房间……………………………………………6
流逝的村庄（组诗）…………………………………7
奇迹……………………………………………………11
暮色笼罩的村庄………………………………………12
望………………………………………………………14
童年记忆………………………………………………15
小路……………………………………………………16
奶奶……………………………………………………17
两个女勤杂工的空闲时光……………………………18
超市里的农民工………………………………………19
我不想把大伯写得很“丑”…………………………21
祝福一只鸟……………………………………………22
聋哑姑娘………………………………………………23
对于外婆有多么陌生…………………………………24
母亲今天没有晕车……………………………………25
我还记得………………………………………………26
每一只蚂蚁都有它的名字……………………………28
奶奶，奶奶……………………………………………29
一只蚂蚁正平安回家…………………………………30
想起奶奶………………………………………………32

外公又一次说到“高级”……33
在异乡……34
清明……35
夜……36
借助酒精的力量……37
外婆去世两年……38

第二辑　岁月篇

童年……41
三十年后……42
在山中……44
不只是拐杖……45
城市速度……46
滩涂……47
昨日……48
秋丝……49
手机……50
老天会生气……51
先知……52
停电……53
矿难……54
电视上看电影……55
卑微……56
过年……57
假装……58
一幕……59
结局……60
陌生的微笑……61
错过……62

金钱时代…………………………………………………………63
关于死亡消息的电话……………………………………………64
我总是……………………………………………………………65
沉默了五分钟……………………………………………………66
看起来变的只有时间……………………………………………67
医院里……………………………………………………………68
车震………………………………………………………………69
名片………………………………………………………………70
听到多年前的绰号感觉是那么亲切……………………………71
我认识的一个人…………………………………………………72
从一家餐馆门前走过……………………………………………74
途中………………………………………………………………75
楼上，楼下………………………………………………………76
我听到一只狗骨骼碎裂的声音…………………………………77
擦鞋妇女…………………………………………………………78
一只猫惨死于马路当中…………………………………………79
两只风筝…………………………………………………………80
初春………………………………………………………………81
一个生命的背影…………………………………………………82
站在高楼上眺望…………………………………………………84
一张老照片………………………………………………………85
这些年……………………………………………………………86
岁月顾自流淌……………………………………………………88
一对母女…………………………………………………………89
相片………………………………………………………………90
女同学……………………………………………………………91
一毛钱……………………………………………………………92
两颗必将掉落的牙齿……………………………………………93
点赞………………………………………………………………94

夜里，两瓶啤酒，坐两个钟头……96
当我老了……97
一只蟋蟀……98
本来好端端的一个人……99
街道上几朵粉红的喇叭花……100

第三辑 沉思篇

替换……103
树林里的路……104
笼子里的仓鼠……105
我们四人……106
园子里……107
比如国庆七天小长假……108
我……109
一有空……110
这世上……111
惊闻一个人死去的消息……112
属于自己的美好……114
估计是场火灾……115
握手……116
你心里清楚……118
一只空鱼缸……119
好车……120
澡堂里……122
戏子……125
秘密……126
又是一个故事……127
篱笆那边……128
秋风飒飒至了……129

风景……130
风……131
歌唱的鱼……132
上班路上……133
逼迫者……134
心里话……135
逛超市……136
半根蜡烛……137
陪领导吃饭……138
车上车下……139
剧目……140
对门……141
妒忌……142
就在那一天……143
饭局……145
素颜……146
好色者……147
借着那只狗……148
鱼缸中的鱼……149
避雨……150
等待死亡……151
我还是善良的人……152
变化……153
游戏……155
扔垃圾……156
交通值勤……157
酒吧女郎……158
革命纪念馆里遭遇性感女人……159
小狗之死……160

拄着拐杖的老人……………………………………161
那个窗口…………………………………………162
拾荒者……………………………………………163
树上最后一片叶子………………………………164
此时的我…………………………………………165
太阳在另一座城市升起…………………………166
草丛里冒出的几朵小花…………………………167
遇见一位乞讨者…………………………………168
真实………………………………………………169
泄密………………………………………………170
手机里的一张照片………………………………171
一瞥………………………………………………172
上山下山…………………………………………173
那天游文化廊桥…………………………………174
独上高楼…………………………………………175
第二次握手………………………………………176
那晚心情颇不宁静………………………………177
两条街道…………………………………………178
被认作小偷………………………………………179

总跋

让诗为我们留下今生的证词 / 白麟……………… 181

第一辑

乡情篇

乡愁

越来越怕听到鸟鸣了
越来越想听到鸟鸣了

有一种声音在心空上回旋

月亮从千里之外来到窗前
偷看你，拉开抽屉
翻看幼时的照片

写给孩子

1

孩子
我亲爱的孩子
你是我天空的星星
我伴你闪耀
你伴我前行
我对你的爱
就像孕育——
既自然又神秘

2

我是一片微小的花园
在世界的目光之外，孤独开放
你是一粒天使的种子
被上帝之手，撒落到我的土壤

从此你有一个尘世的名字
信赖地站立在我的身旁
从此我的花园富有而迷人
在世界的目光之外，幸福渴望

从此我们共同经历四季更替
你是我经受风雨的力量
为什么我的眼里常含泪水？
你娇嫩的花朵有我的颜色，我的芬芳

空空的房间

空空的房间
挂着空空的相片
空空的夜里
徒有空空的思念
空空的灯光
映着空空的眸子
空空的拐杖
倚在空空的炕沿

而在我小小的心上
有一些东西河水般汹涌而来
那是有奶奶的日子
和我的悲伤

流逝的村庄（组诗）

从夜晚到黎明

整个村庄是
养育着一群孩子的妇人
像我们蜷卧于母亲身边
村庄在夜色里展开怀抱
父老乡亲酣睡在她的臂弯
夜，很深很深
她，很静很美

夜色褪去
村庄先在晨光中醒来
微笑着，让公鸡唤醒人们
人们再唤醒小孩
一扇扇屋门打开了
一张张笑脸出现了
一缕缕炊烟升起了
一个个故事开始了

打麦场

麦子成熟的季节
是大人们收获的忙碌日子

是我们小孩子欢乐的节日
大人们用碌碡在土地上
碾出一大片广场
用汗水，也用收获的力量
这是麦子实现夙愿的重要一站
也是我们人生的小小舞台

这里有不同于遥远城市的喧响与旋律
打麦机在飞扬
麦子在飞扬
大人们额头的汗水手中的谷叉在飞扬
我们在相互追逐中欢笑飞扬

我们在飞扬
我们是大人们心头的麦子
是他们用汗水与呵护孕育的
全部希望

村口的池塘

顺着记忆中的泥土小路
就能来到村口的池塘
池塘不大，刚够养育我们浅浅的童年
池塘不美，不会取笑我们沾满泥垢的土孩子
我们是水里的鱼儿
掀起童年的朵朵浪花
我们在贫穷又富足的池塘
打捞自己的小小梦想
如今

她已经老死了
只能看到她额头的碎片
我该用什么样的梦想去祭奠她?

过年

扳着指头等待了许多天
她终于来临了
她笑着一身喜气地来了
她在千家万户的鞭炮声中来了
她在父亲贴春联贴门神的身影中来了
她在母亲点燃香火送灶爷回家的祷告声中来了
她在我和伙伴们穿上新衣拿上糖果相互串门的喜悦
　中来了
她在我们期盼已久的油香臊子面的香气中来了
她在坐在土炕上的奶奶向孙子发压岁钱的微笑中
　来了
在父老乡亲们卸下农活的劳累享受轻松的时刻来了
她满面春风如约而来了
一生中，我只记住了村庄里的她
固执有如井底之蛙

村庄的月亮

那时，我们傻傻地想
为什么，头顶的月亮
总是执着地选择在村庄的上方
又为什么，有时是圆圆的玉盘
有时是弯弯的小船

难道是跟我们捉着迷藏?

我们不知道
皎洁的月亮
是因我们天真无邪的目光
而纯净
质朴的村庄
是因月光流水样的相思
而更像故乡

流逝的村庄

带着不可逆转的时间的速度
奶奶死了
父亲老了
我长大成家了
祖祖辈辈居住的村庄
在不可抗拒的社会的步伐中
越走越远

还是在村庄的土地上
人们艰辛而充满希望地活着
只是远去的歌谣已不再复返
在历史深处，凝结成烟雾
偷偷打湿双眼

有时我怕
终于有一天
我梦也梦不到她

奇迹

常常看着孩子
觉得是一个奇迹
他总是望着我
“爸爸”“爸爸”地叫
他从神秘的天国而来
却总是相信我
不相信上帝

暮色笼罩的村庄

暮色笼罩的村庄是封闭的
当我从外面赶来
在暮色里回到我的村庄
像是回到了另一个世界——
不被重视，不被记起
它也不知道或不关心外面太多的事物
当我在暮色里回到村庄
我会看到，也习惯于看到——
老婆婆到屋外拾取柴火
老头子把羊从门前不远处拉回家中
炊烟自屋顶升起后自由飘散
女人站在门前喊几声让孩子回家
有时碰到叔叔或伯伯肩扛锄头从田里归来打声招呼

在一个角落里的村庄
习惯了它的封闭、安静和匮乏
在一个角落里的村庄
自有它的剧目
暮色升起的村庄哟
像是被世界抛在脑后

有时在暮色里走在村庄的小路上
敏锐地感觉到它的贫和苦
可我也不会不承认，比如

大伯和大婶，手捧一碗苞谷珍子
坐在电视机前的幸福

望

最早的时候
奶奶扎着小辫
水汪汪的眼睛总爱看着
天上的月亮
一条长长的布带将双足
牢牢拴在村庄的土地上

后来她老了
总是这疼那疼
疼痛的双腿将她从田间和灶台
困在炕上
她常常借着窗户的一条小缝
向屋外挤出一点目光

现在啊
岁月之手将她关在
那间寂寞的土屋
只带给她无尽黑暗
将她向这边眺望的目光
狠狠埋葬

童年记忆

那个孩子一直
奔跑于村庄
那个孩子在村庄里疯跑
经常就跑掉了鞋子
那个孩子如村里的羊羔一般
享受填饱肚子的青草
和牧人轻轻的皮鞭

那个孩子，他就在
庄稼地头生长起来了
在打麦场上生长起来了
在公鸡啼叫和炊烟升起的
村庄里生长起来了
生长起来了，有欢笑有泪滴
欢笑如村庄里的阳光
泪滴如田禾上的露珠
他和他的伙伴们
在属于他们的村庄里
生长起来了
而后，各自望着天空的月亮
沉思

小路

清晨，伴着鸟儿的鸣唱延伸
夜晚，拥着星光的梦想入眠
像一个孩子
展露着最贴近生命的样子

多少个日夜啊
默默坚定着对远方的守望
像一位诗人
孤独而倔强

奶奶

她没上过一天学
八岁就哇哇叫着裹了脚
十七岁由农村来到农村
跟随爷爷拉了十一年长工
十六年间娶回了六个媳妇
在大锅里做了三十七年饭
一共用了五天时间去过两次城市
去世前因脑萎缩小便失禁了六个月
舍不得花钱，儿孙给的零花钱都攒着
去世后在她小木箱里翻出了八百多元……

哦，还有还有
腿和手疼了一辈子

两个女勤杂工的空闲时光

办公楼里过道很宽很长
电梯两边区域各有一位勤杂工负责
把两边的过道、水房、厕所打扫干净
她们是我们上班的这一层楼里的勤杂工
她们穿着朴素，三十多岁的样子
与楼里其他人对比很鲜明
可以一眼看出勤杂工就是她们
她们总是让各个地方干净清洁
每天常会看到她们忙碌的身影

上班中途我去水房打水看到了她们俩
此刻她们各自把一切都已收拾停当
利用余下的空闲时间在水房说说话
我一走进去她们俩声音也小了下去
我还是听到她们说的一些普通的内容
比如说孩子上学的事，家庭里的一点事
她看到一件衣服很好看准备哪天去买的事
也看到她们脸上一些轻松满足的表情
我仿佛感到了她们在空闲的时光里
言语之间流露的一点小小的幸福

离开后我莫名地觉得一些温暖
两只灰麻雀传递给我的说不清的温暖

超市里的农民工

他在超市里转着圈
东看西看
我曾见他
在一处建筑工地挥汗如雨
他穿着的样子
也让人一眼就看出
他是人们所说的农民工
他或许刚从脚手架上下来
或许搬完了今天要用的砖块
此时闲了下来
像城里人一样在超市转着
最后在洗漱用品的货架前
停下来
我看到他
对那一排排的各式商品
凑近脸看了又看
不知在考虑什么
几分钟后
拿了一桶沐浴液离开了

我想着刚才一幕
似乎闻到了
他回去后
洗掉一身的汗水

洗掉一身的灰尘
洗掉一身的疲惫
像城里人一样
身上散发的淡淡的清香

我不想把大伯写得很“丑”

我把送给大伯的旧衣服拿去他家时
大伯又不在
我知道他去地里忙活了
就仿佛看到了他在田头晃动着的瘦小身影
唉，多少年了啊……

我不想把大伯写得很“丑”
不想写大伯因左膝盖的骨刺而疼痛不堪走路一颠一
　颠的样子
不想写因担担子、拉架子车、锄地把腰累得很
　弯站着或走路总是佝偻着显得很小的样子
不想写因岁月和生活而变得很稀疏很花白的头
　发不想写因握锄头、扛车辕、拔草、割麦子、
掰玉米而指头上总缠着胶布骨节粗大而变形的双手
不想写因日子困顿和生活节俭而穿在身上好多
　年舍不得扔掉的褪了色的旧衣服
还有因风吹日晒起早贪黑而粗糙苍老和沾着
　尘垢的脸
还有还有……
不想写，这些都不想写
可对于生于农村长于农村吃了一辈子苦的大伯
我还能写些什么？

祝福一只鸟

天忽地就变了
这几日一直艳阳高照
今早却吹起了风，天灰蒙蒙的
我一个人在路边等车
半个小时过去了，风越吹越冷
这时我看到一只鸟在头顶的树枝上
焦急地左顾右盼
我想，它也在等
忽地觉得有一股亲切的感觉
等车的过程中，我不停地抬头看它
它不断地从一根树枝跳到另一根树枝
在我坐上车后，它还没有飞走

那只不知名的小鸟
它是在等什么呢，它等来的会是什么呢
我不得而知
在心里我向它告别，默默祝福它
在一个冷而寂寥的清晨
我与一只鸟靠得最近

聋哑姑娘

聋哑姑娘每天在修脚房里忙活
聋哑姑娘见到人总是笑意盈盈
聋哑姑娘看起来二十多岁的样子
聋哑姑娘是我看到的女人里最漂亮的
听店里其他人说
聋哑姑娘家在遥远的另一个城市
聋哑姑娘已是一个男人的妻子
聋哑姑娘有时独自望着远处发呆
聋哑姑娘有时一个人偷偷地流泪
哦，聋哑姑娘……
每次看着她
我总会变成一个哑巴

对于外婆有多么陌生

对于外婆，我比较陌生
我不知道她出生于哪一年
不知道不识一个字的她
在贫穷的家里怎样拉扯大了五个儿女
不知道她因为什么得了总也治不好的肺病和心脏病
不知道她在病痛折磨下，时间过去了近二十年
不知道这些年她一共吃了多少这样那样的药
我虽然时常去她那蹭饭吃
却不知道她病情一次比一次严重
不久前她又去住院，我不知道
这一次熬了二十多天会突然与我们永远分别
我才知道她只七十岁多一点
才知道她永远不会再有病痛
我才知道我对于可怜了一辈子的外婆
有多么陌生

母亲今天没有晕车

和妻子回来后，母亲笑着告诉我
今天没有晕车，坐了十四站路呢，真是太好了
我望着她高兴的表情，笑了笑，没说什么
　心里酸酸的……
将近六十岁的母亲，仅出过一趟远门
吃了晕车药还是吐得一塌糊涂昏睡了几天
其他时间就只是待在农村老家
偶尔硬撑着坐一趟走十几公里路的车
做饭、做家务、种地成了她几乎全部的生活
就这样这么多年养成了她容易满足的性格
前些天把母亲接到城里，下午妻子陪她坐公交车
　去商场
转了转，回来后她高兴地说没有晕车，逛得很轻松
脸上满是幸福的笑容。我当然替母亲高兴，但活了
　近六十岁的母亲，得到的那一丁点的“享受”
更多的让我心里酸酸的。以后的人生，我想我会
常常想起母亲因没有晕车坐了十四站路、逛了一回
　商场
而满足的笑容

我还记得

那双手
还记得
那双做了无数次饭的手
整天拾取柴火的手
拾取柴火为家人带来一点点温暖的手

那双做针线活的手
扇扇子把炉火烧旺的手
把院子一遍遍扫干净的手

那双把小麦玉米变成面粉的手
从地里摘取蔬菜的手
为了生计从没有停歇的手
那双像男人一样骨节粗大的手

为全家人和面的手
给旧衣服缝补的手
从集会上挑选来便宜东西的手
把五个儿女拉扯大仍没有卸掉“枷锁”的手

那双没握过铅笔的手
小时候干活被家里人揍时常抱着头的手
后半辈子一直吃药的手
赶上好日子没几年便停止不动的手

我还记得啊
外婆
每当我一个人时总是想起
我再也无法触摸到的手

每一只蚂蚁都有它的名字

在我只身一人只剩下我自己时
就蹲下来看渺小而可以忽略不计的蚂蚁
此刻我看到它们如此真实地存在着
它们从洞里匆匆忙忙地跑出来
一只又一只，每一只好像都有各自的路径
弄不清楚这些小东西要干什么。我只是看到
它们在前途未卜的路上，像人类一样
忙忙碌碌地奔波着
有的执着地翻过一个又一个障碍
有的绕一个大大的圈；有的三两下来到一个地方
倏忽一下不见了；有的朝一个方向跑一阵
忽又想起什么掉转身疾驰而去
我知道，它们都为了生存，为了它们短暂的一生
各自上演着自己的角色
我看到，有一只蚂蚁
家长似的摇晃着触角发出召唤
然后跟一个个同胞碰碰脸颊逐次分开
这时我忽然明白，这些小东西都不可以忽略不计
每一只蚂蚁都有它们各自的名字

奶奶，奶奶

昨天
奶奶迈着小脚操劳
总是这疼那疼
她说：唉，我要死了
我说：不会的
我感到 空

今天
没有了奶奶的身影
她的房间里很空
相片在墙上
我就想起了昨天
我感到 疼

一只蚂蚁正平安回家

这是回家的时间
太阳正站在西边的山尖上
晕染出一大片晚霞
让人想到“夕阳无限好，只是近黄昏”
四面八方的人们
干完了一天要干的事，过完了一天要过的生活
揣着各自的心事，在晚霞的光影中
从四面八方准备回家
接下来的一切都要交给夜晚
接下来的一切都要交给明天
接下来的一切都要交给时间

此刻正是回家的时间
在夜幕拉开之前
一只蚂蚁也正走在回家的路上
此刻它正从我脚下经过
它可能刚结束了一天的劳作
可能刚完成了父母交给的一项任务
也可能是出去游玩了一场
在霞光的提醒下，要回到自己的家中
毫无疑问，它绝不是迷了路
看它不慌不忙的样子就知道
它正平安地走在回家的路上。真好！
在夜色笼罩之前

在浩渺的尘世上
一只蚂蚁就要平安地回到自己的家中
多好！

想起奶奶

又一次想起奶奶
是这个周末的晚上
我从这些天的忙碌中逃出来
从东拉西扯的思想里走出来
吃饱了喝足了
看完了今晚上最后一集电视连续剧
躺在床上准备睡觉时，望着天花板
突然就想起了奶奶

七年前的一天
奶奶起床后不久，突然一下栽倒
就猛地结束了她
小脚、不识字、在农村养育了七个子女的一生
记得安葬那天
我断断续续哭了一个下午
过后的一段日子
我红着眼睛写了好几首诗歌祭奠她

可是时间真是无情
转眼间就过去了七年的日日夜夜
这时又一次想起，与我相处了三十年的奶奶
脑海里又模糊了一大截
我心说幸好还有一张照片挂在老家的墙上
不然谁扛得住这汹涌的时光
七年了，奶奶

外公又一次说到“高级”

年已八十岁的外公，去年第一次
来到我居住的二线城市的郊区的住处
他兴奋、惊奇、感叹的样子
我还清晰地记得
前几日，母亲把他第二次接到这里
这几天，我们带他逛了一回超市
坐了几趟公交
吃了一碗水盆羊肉
围绕小区在周围转了几圈
去广场看了几次音乐喷泉，听了一回秦腔戏
外公只是孩子一样不住地东看西看
不住地点头，不住地说好
不住地说城市里真是“高级”
外公没怎么上过学，年轻时认得一些简单的字
到老了便什么都忘光了
他看到这些“好的”就只能用“高级”来形容了
四年前我从农村老家搬到这里
虽说实在还是一只不起眼的小麻雀
但在老家人的眼里，已算是一个城里人
常听家里人说外公的一辈子很苦
这次又听到外公说到“高级”，我才真切地看到了
他很不“高级”的一生

在异乡

在异乡，一切都是陌生的
人是陌生的
话语是陌生的
街道是陌生的
连夜晚升起的月亮
也是陌生的

在异乡的这些年
他总是，尽量学着当地的生活方式
让自己的陌生感小一些，再小一些
小心翼翼地说话、做事
把姿态降得低一些，再低一些
有时遇到一些事情
他总是，打断了牙齿往肚里吞
一到晚上，在寂静的夜里
他总是不争气地感到
窗外挂着的月亮也是陌生的

一个人的异乡
每次跟家人的通话
他总是，想一想后告诉他们
一切都好，请勿挂念

清明

上帝说
草要发芽树要开花
于是春风一吹
世间又一次
绿草如茵繁花似锦
抹去了秋的萧瑟冬的冷寂
还好有个清明
让人们在春光烂漫的时节里
蓦然想起
被时光掩埋的亲人

夜

小猫一样
夜来了
把人们
捂一捂眼睛
摸一摸头
又悄悄地走

借助酒精的力量

借助酒精的力量
把自己遗忘
休要说
我多想，我多想
一觉醒来
窗外的树枝上
杏花，已魔术般
绽放

外婆去世两年

阴雨天，天黑沉沉的
像要压下来
一个人坐着，心里生出忧郁悲伤的情绪
蓦然就想起了外婆
外婆去世才两年时间
在我脑海里却已模糊了很多
只得翻出几张她的相片
在此借助下，才慢慢回忆起
她的瘦削的身体和面容，她的使她胸闷气短
极度虚弱的心脏病和肺病
她放在柜子上大把大把的药
她不识一个字的短暂的一生

不得不承认
时间的魔力是可怕的
万事万物都在它的怀里
磨平，消失
记得前些天
我从工作的地方回到家中
一抬头看到父母花白的两鬓
仿佛听到了
时间风一样从他们面庞掠过的
可怕的呼呼声

2016.7

第二辑

岁月篇

童年

寻出一本发黄的书
蓦然发现一片叶子
早已干枯
轻轻抚摸，心中浮起
一阵蝉鸣

三十年后

三十年后
假如我还活着
我就是步入花甲比父亲还老的老人
头发被秋霜染白，额头写满皱纹
四肢不太那么有力，脊背有些佝偻
三十年后
我的亲人们啊
有多少要被上帝的河流带走
就像死去的奶奶
任我悲哀的潮水一次次漫过心堤
也无力挽留
三十年后
当我再一次坐在窗前
翻看我“爱或恨”的诗歌
我沧桑的双眼，是否会像
深秋时雾起的山峦？
三十年后
得到了很多
失去的也太多太多
当太阳又一次从天边升起
我风中的头颅散发着思想的光辉
身影却匍匐在地默默流泪
三十年后
我还离不开一种叫诗的东西

尽管我的羽翅已经衰老
天空变得又窄又小
我灵魂的目光无边无际
三十年后啊，三十年
也许来不及我猜想
上帝就几个快步来到面前
笑笑说——咳，三十年到了
一抬头
太多故事已留在昨天

在山中

大山没变
山中的河流没变
树木没变
树顶的月亮没变
山顶优美的曲线没变
山中夜来的寒气没变
山谷的回声没变
庙里肃穆的佛像没变
远方的你，还好吗

不只是拐杖

在街上行走，见一对耄耋夫妇，手拉着手，蹒跚于人流之外。凝视着他们的背影，感慨万千。

——题记

看，他们俩
枯树枝似的
衰朽的他们俩
在路边行走，几乎
看不见移动
岁月在体内越积越重
看，他们俩
岁月一样
沉默的他们俩
路上的喧闹与他们无关
互相听得见呼吸
沉默是一切语言
看，他们俩
小兄妹一般
牵着手的他们俩
两颗心轻轻地跳动
彼此投去目光
彼此不只是拐杖
看吧，他们俩
是两块经年的老铁
是两片飘零的树叶

城市速度

一座座高楼冲天而起
城市已长成一名巨汉
在他脚下
无数车辆鱼一样游窜
掀起波澜
蚂蚁般前行的人们
神色匆匆

霓虹灯闪烁不停
遍布城市的空间
空间里各色欲望交织
膨胀蔓延
城市稍打个盹儿
就又打起精神
目光凌乱

滩涂

有时一汪神秘莫测
有时徒留一地空想
任潮汐将你一次次
揽入怀中又弃露于光天化日
在梦想与现实的边缘
驻足千年，费尽思量

昨日

昨日哟
就像明天
很近
又很遥远
像太阳
带给我温暖
又刺我的眼

秋丝

雁阵南去
带走北方的消息
掌心接住
房檐落下的雨滴
是谁
把感伤的故事深埋心底
黄叶
在秋风中纷飞

手机

你在玩手机
我在玩手机
他在玩手机
人人都在玩手机

有人坐车时玩手机
有人等人时玩手机
有人下雨了不出屋时玩手机
有人睡不着时、一个人待时玩手机
人们在无聊时没事做时玩手机
幸亏有个手机

幸亏有个手机
在现在这个世界上

老天会生气

小时候很顽皮
爱用手在嘴上打“啊啊”
大人警告他——
不能打，再打老天会生气
要下雨

现在活了半辈子
时常想起小时候
大人警告他的话语
他想：为何生命如此实实在在
不像大人说的那样神奇

先知

看电视节目重播
对什么都很清楚
知道下一个情节是什么
每个人命运怎么样
故事的结局是什么
这时人人像一个先知

可是人生的剧目不能重播
我们对什么都不清楚
只有上帝是先知

停电

停了一天的电
电视看不了
电脑玩不了
自动麻将机用不了
洗衣机用不了
人们进进出出
相互叹气：唉，啥都弄不了
人们出出进进
不知能做点什么

停了一天的电
现在的人们现代的生活
被打乱

矿难

电脑上出现一个小窗口
看一眼，是矿难
几个小时前
在很远的一个地方
煤矿坍塌埋住了一些人
已知道死了七个
还有很多人生死不明

许许多多的灾难，每天
无声无息地上演
现在有了网络
有些消息
就像这次矿难一样
在电脑上轻轻弹出
看一眼
用了五秒

电视上看电影

电视上看电影
一部影片要加几次广告
加广告时
我们或急切或耐心地等待着
广告后影片接着上一段继续播放
九十分钟的影片看了近一百二十分钟

人生的影片不加广告
片刻不停
匆匆就播完一部

卑微

早晨骑车去上班
想起昨晚去一家酒店
酒店处处很豪华
女服务员个个打扮很时尚
酒很高档
几杯酒下肚
坐在高档沙发上的我
大胆地
想象着未来很豪华

过年

一天
又一天
一天
又一天
生命的脚步不可抗拒
因生活
而忧愁的人类
不能更加忧愁
于是用
喧闹的锣鼓
丰盛的酒宴
噼噼啪啪的爆竹
来遮掩

假装

小时候
面对父母
我想要得到什么
就假装着哭
然后便笑了

现在
面对父母
想要给予些什么
忍不住想哭
却假装着笑了

一幕

那天我看到的一幕
是一个女人正站在窗口
静静地望向窗外
望着远方畅想的画面并不少见
在电视或现实生活中
我常看到
事业成功的人
身份尊贵的人
拥有不少财富的人
读了些诗词文章的人
望着大海，望着原野，望着远方
畅想凝神
使人觉得很唯美
那天我看到的那个女人
四十岁左右的样子
她是那座楼里的勤杂工
我曾见到过她
在楼道里在水房里在厕所里忙活
在楼道角落的一个窗口旁
她默默望着远方
除了美，我还有一些说不出的感觉
从她身后走过时
不由得我把脚步
放得很轻

结局

那双皮鞋
穿了一百多天
上午还在脚上
下午就被我
扔进了楼下的垃圾箱
多么自然而无奈的结局

陌生的微笑

一次上楼时
在楼梯的拐弯处
我和她相遇
她正在下楼
我们都没注意
互相挡住了对方
她不好意思地冲我笑一笑
我也客气地点点头
她长得很漂亮
我们擦肩而过时
我闻到她身上
散发的淡淡清香

我和她是陌生人
我们相识了三秒钟
可她的微笑，她的美丽
她的淡淡的清香
在我生命历程里
停留了一段时间
让我时常想象
世间美好的东西

错过

那天，突然发现
门外的两棵玉兰树
已是繁花似锦
一直觉得，它们还是
两棵光秃秃的树
原来，在匆匆的日子里
我们不知错过了
多少东西

金钱时代

到了现在
……

隔壁十岁小女孩也时常说
——跟我有一毛钱关系吗

关于死亡消息的电话

我是个不善于交往的人
平时电话也很少
偶尔接个电话或打个电话
也大多是无关紧要的一些对话
早晨上班不久，电话忽然响起
是一个诗友打来的
接通后，他说：
某某死了，你知道吗？

某某是我们认识的也爱写点东西的
一个年轻人，三十岁多一点
人长得很精神，也很有才
原先与他交谈听得出他在写作上
理想很大。前一阵子，听说
他查出了一种不好的病，在西安治疗
心想好端端一个人怎么……

猛地听了这个消息我心里一惊
拿着话筒不知如何是好
我问，是什么时候？他说
就在前天，人已经火化了
接下来，我们都半天没有说话
相互沉默着。沉默了一会儿
把电话挂了。就这样把电话挂了

我总是

我总是会从
与我不相干或者说我与之无关的人那里
生出一些感受和心理活动
比如说激动或者忧伤或者怅惘
一连几天看到她
在广场一角领着一小群人跳舞
随着音乐节奏欢快地舒展身体
像舞动翅膀的燕子
她是一位青春而美丽的姑娘
在晨晖中酷劲十足
她青春活力而美丽的样子吸引我
每次路过时在不远处驻足观看

我想她绝不会想到不远处的我
——一个正看着她的陌生人
既感到自惭形秽，又默默幻想着
青春而美好的明天

沉默了五分钟

那天，多年未见的他们仨聚在一起
要说的话能说的话实在太多
几个小菜一瓶酒让他们各自说起这么多年大大小小的事
他们说到婚姻，说到婚姻的一些问题
说到家庭，说到家庭的琐事和矛盾
说到孩子，说到孩子的成长和教育
说到工作，说到工作的压力和困惑
说到单位，说到对领导的不满和与同事之间的关系
说到朋友，说到朋友的义气和自私自利
一直说到未来，说到人生
一阵喜不自禁，一阵气愤谩骂，一阵又忧郁地叹气
快结束的时候，他们忽然说到一个熟人
其中一人知道情况，说他前段时间得了脑溢血
死了，四十二岁。说到这儿，三个人忽然都沉默了
谁都没有说话，只是偶尔拿起筷子夹一口菜
就这样，一直沉默了五分钟……

看起来变的只有时间

广场还是那个广场
种植的白皮松、女贞子、枇杷、白玉兰、金光菊等
默默生长着
傍晚，吃完饭走一圈
还是几伙跳广场舞的在几个角落跳着
爱打陀螺的那些人在空地抽打着陀螺
一伙小朋友照常在那一处训练着滑旱冰
十几个中年男女，围着扩音器吼着熟悉的旋律
还是那几处摆地摊的，兜售着各类小玩意儿
卖小奶糕的三轮车上，录制好叫卖声的小喇叭
　持续响着
广场四周或明亮或昏黄的灯光
围着广场走来走去的人们
真是奇怪，领着小孩的那个女人，在拐弯处相遇时
又和上次那样与我相视一笑
什么都是原来的，只是日子过去了
一个多月，已不是上一次的那一天
这世界说简单真简单
看起来变的只有时间

医院里

消化内科、耳鼻喉科、中医科、神经内科
泌尿科、妇科、皮肤性病科、骨科、心血管科
心理咨询室、精神科……
每个科挤满了人
各式各样的人害着各式各样的病
回到街上，又汇成统一的人流

车震

最早看到这个词
是在网络上
随后在各类报纸上
也常说到它
在同事们的谈论中
也有人猥琐地讲起它
那天在电影院里
银幕上一个镜头跳出来
一辆别克车停在路边忽闪忽闪地晃动
什么情况，我才疑惑着
座位旁两个小孩正嘻嘻笑，用小手
捂住眼睛，从指头缝里偷着看

名片

一个下午整理抽屉
翻拣出一沓名片
一年多来
这些五花八门的名片
有的是朋友聚会时给的
有的是从朋友那索要的
有的来自交往了四五年的熟人
有的来自只见过一次面的人
有的是别人给时应付着接下的
有的是费尽周折才弄到手的
一年多来
这些印着朋友信息和身份的纸片
一直躺在抽屉动也没动
我大概数了数有四十多张
只一下
全部扔进了垃圾筐

听到多年前的绰号感觉是那么亲切

1997 年我们毕业，各奔东西
已快要二十个年头
三年朝夕相处的积累，已被岁月磨去了很多
十多年来，我们各自工作、学习、结婚、生子
获得、失去、欢乐、忧伤、成熟、老去
各自被岁月之刀任意雕刻着
十多年了，足可以经历很多
足可以看到家乡的河水一点点地干涸
村庄的土地逐渐消失而高楼洋房一座座冒出
看到村头的坟茔增添了一大堆
十多年了啊，足可以让很多事情圆满
让很多事物破碎，一个人的心中
足可以装有一箩筐的叹息
前一阵子，在我们还不完全的同学群里
时光像是倒流了一些，先有人
调皮地喊了谁的绰号，便你来我往地相互喊了起来
有人唤我“宝宝”时，我总是面对着手机
在心底满满地答应。十多年前的
这些称呼，赞美的也好，戏谑的也罢
到了现在是多么珍贵。它让我们挣脱岁月之手
又回到了朝夕相处的三年时光
知道吗，当我从岁月的负压下抬起头来
听到多年前的绰号感觉是那么亲切

我认识的一个人

一天，来到一家单位后认识了他
五十岁的他样子像是六十多岁
他在单位的门房挣取生活费

一天，看到他弓着身子在蜂窝煤炉子边
用陈旧的铝马勺煎奶
他告诉说上学的女儿从学校赶来

一天，看到他花白的头发变黑
他笑笑说花了五元钱刚染的
日子艰苦的他也有爱美之心

一天，看到领导黑着脸走进门房
立马见他手拿扫帚慌忙走出
窘着脸解释说刚送了一个村人

一天，看到他一人坐在门房吃饭
手里拿着馍面前是一碗稀饭
他告诉说今天的菜里有肉他不喜欢

一天，看到他坐在板凳上弯着身子
显得更加瘦小，给两个膝盖上贴着膏药
他告诉说风湿病已害了他许多年

一天，看到单位的同事围坐在
门房的炕上，热热闹闹地打牌
他笑意盈盈把水添到每一个茶杯

一天，我离开那家单位
被命运之手安排到另一个地方
此后很久未得到他的消息

一天，看到一场车祸的遗迹
自行车被压碎惨不忍睹
忽然得到了确切消息：就是他，在车祸中死去

一天，我于梦中看到他的身影
他说人呀一辈子就像一场梦
我点点头忽然从梦中惊醒

从一家餐馆门前走过

从一家餐馆门前走过
看到门口站立的姑娘
一位身穿红色礼服微笑着迎客的姑娘
想起一个月前从这里经过
她就是这样的装扮
站在玻璃门后面微笑着
是现在从我眼里划过的模样

一个月的时间里
我经历过欢笑经历过喜悦
经历过忧愁经历过痛苦
经受了一些打击也得到了一些收获
我再次从这个地方走过
看到的那个姑娘丝毫没变
像门口的那座石狮子没变
就像是在昨天
那个姑娘对于我
她中间的一个月忽略了消失了
从门前走过的我
对于那个姑娘呢

途中

在一辆班车上
我与一位姑娘坐在一起
她就在我身旁，距离很近很近
她的容貌不错，衣着得体
我看得见她手臂上的细小毛孔
闻得见她发梢散发的馨香
途中我们还偶尔四目相对，交谈了几句
她对于我是陌生人
但她真实地在我的空间里
成了我片刻生活的一部分

一会儿汽车到达车站
我下车走了
她也下车走了
很自然地我们下车各自走了
很自然地我以后的生活中永久没有她
犹如无垠大海，泛起小小浪花

楼上，楼下

他在楼上
我在楼下

有时传来咚咚的轻微脚步声
有时传来下水管水流的声音
有时感觉到他拉上窗帘的声音
有时好像听到他轻轻的掩门声
有时夜里躺在床上望着天花板发呆
他或许正做着美梦
或许思考着还不太明白的问题
我们在一样格局的房子
经营着各自的秘密
看起来很近很近
想一想远隔千里

我在楼下
他在楼上

我听到一只狗骨骼碎裂的声音

那只狗或许死了
我听到了它骨骼碎裂的声音

疏忽大意的小狗没来得及躲闪
与疾驰的汽车撞在一起
车轮从它身上碾过时
车里的人都感到汽车颠簸了两下
我甚至感到了压碎骨骼的声音
那只小狗它不及车轮的十分之一大
不及汽车的千分之一重
它呀或许是活不了了
车里人唏嘘着扭头向后看去
我隐约看到地面上晃动的脑袋
暮色里像是一片翻动的树叶
越飘越远

那只狗或许活着，谁知道呢
我时常听到它骨骼碎裂的声音

擦鞋妇女

占据闹市一角
每人一把小凳
一管鞋油
一把刷子
几片破布
目光来回搜寻
希望行人止步

把一双双鞋擦得锃亮
像擦亮一个个日子
更多的是看着步履匆匆
像她们越去越远的青春

一只猫惨死于马路当中

有时在电视上看到的场景
被我在现实中忽地看到了
那只罪恶的轮子已逃之夭夭
消失在谁也不知道的地方
可怜的猫却留在马路当中
黄色的毛浸满鲜血
躺在那里久久地，久久地
一动不动，任周围汹涌的车流
呼啸而过

我想象出几分钟或几十分钟以前
这只猫“喵喵”叫着的鲜活的样子
它定该想不到厄运正走向自己
刚要穿过马路去到它
想去的地方，一声惨叫还没有发出
就睡倒在冰冷的马路上，血肉模糊
当了刽子手的车轮绝尘而去
路边行走的人们偶尔抬头看看
这只惨死的猫在马路中间
像被世界遗弃的孤儿
又像是被随手丢掉的垃圾
不值一提

两只风筝

窗外的天空上
两只风筝稳稳地飞着
飞得很高
像两只飞翔的鹰
高远天空上它们的影子
让人立马想到
跟自由和梦想有关的一些词语
我没有找寻
正站在地面抬头仰望的
风筝的主人
我知道
他们是像我一样
在这世间的普通人
他们让自己的风筝
像鹰一样在高空飞翔
整整一个下午
都不想落下来

初春

去陵园上坟
从一排排墓碑前往回走时
无意间瞥见一块墓碑上
镶刻的是一个年轻姑娘的相片
我的心里便疼了疼

我没有细看
墓碑上的生卒年月
不清楚她是花季夭折还是
只是用的她年轻时的相片而已
不清楚她有过多长的生命历程
但她曾是一个美丽的年轻生命

美丽少女与墓碑
美丽少女在荒凉的墓碑上
这多么的不协调
一路上在初春的空气里
我的呼吸不太顺畅

一个生命的背影

在岐山周原博物馆展厅，见一具尸骨，俯身朝地，手脚俱无，且手脚断处砍斫痕迹明显，令人触目惊心。据专家介绍，出土的这具尸骨是周朝人体遗骸，女性，被葬时只有十六岁，生前是女奴，因触犯奴隶主被处以刖刑，砍掉了双手双脚，最终给贵族陪葬。

——题记

我知道生命有多种死法
就像生命有多种等级
我知道岁月会将一切埋葬
可一个人本不该这么死去

她是犯了怎样的规矩
要受尽历史一样沉重的疼痛
双手，削去
双脚，削去
把青春而残缺的躯体
交给大地
交给孕育生命的大地
谁能知道
令人惊心的一小堆残骸
是一个十六岁的少女

千年前的少女是女奴

是牛马不如的女奴
她不能有自由，不能有欢笑，不能有爱情
这个生命只有呼吸

少女终究惹怒了奴隶主
奴隶主就让她失去四肢
而后把她和死去的人关在一起
千年后依然传来裂心的呼喊

千年后残骸依然凄冷
在岁月的另一端
生命因生命悲戚
历史总无声无息

站在高楼上眺望

自从搬进新居，我时常
站在十七层的窗户前向外张望
看那矗立的一排一排的高楼
看楼顶飘浮的一片一片的云朵

从老家的村庄和庄稼地里来到城市
又从城市拥挤的人流里住进高楼
看上去我同这个城市一样在成长
生活把我从最底层抬升到了不错的高度

实际上这几年自己的生活确实变化很大
总是感到了更多的无能为力
总是有了更频繁的回忆往事
实际上这个城市确实变化很快
我对一些事理的明白和对自己生存状态的调整
总也赶不上楼群升起的速度

站在高楼上向外眺望，我有两种冲动
一是像树叶一般静静飘落
二是像鸟儿那样展翅飞翔

一张老照片

朋友微信发来一张照片
一张老照片，黑白的颜色已经发黄
照片上的青年男子却青春洋溢、神采飞扬
我问这陌生的男子是谁，朋友告诉我
他就是我们村庄里王海的父亲：王叔

王叔？王海的父亲？
使劲回想了很久，脑海里才漂浮出
我小时候看到的他苍老的面容
那时他已被癌症折磨得憔悴不堪
若不是朋友告诉我，我无论如何也不会
把照片上青春帅气的青年与他联系起来
若不是朋友发来照片又提起了他
三十年前见到的他苍老而憔悴的样子
我想自己怕也不会想起了

看着那张发黄的老照片，我总是
傻傻地想：光鲜靓丽的青春
会变成日薄西山形容枯槁的老人
而一个人孱弱而苍老的样子
曾是那么的美丽而青春飞扬

这些年

这些年
我不知，说点什么

这些年
我从不到三十岁
来到了将近四十岁
我知道，这是必然的
儿子从牙牙学语，到如今
站在面前跟我一般高
我虽有几分吃惊，但知道
这是必然的

这些年，确实变化很多
先是奶奶死了
接着外婆死了
父亲头发白了一大截
母亲明显老了一大圈
不知道能不能说
这也是必然的

这些年啊，我总是
越来越多地回想以前
也越来越多地想到以后
有时，对生活冒出一些新的想法

然后又打消那些念头

这些年，感到
身体各个部位一点一点变硬
内心深处却越来越软
常常因一只鸟儿的受伤而悲痛
听到一个人的忧伤故事而唏嘘不已

这些年啊
说实话生活对我还算公平
我还是有自己的所得，比如
对诗歌的热爱
对平凡生命的深情
对美好事物的向往
还有，对身边错误的包容

岁月顾自流淌

媳妇突然说
你知道咱们老家那个谁吧

是个熟人
我一惊
害怕又是一个
死亡的消息

一对母女

公交车上
那对母女
挤了一会儿
最后，挡在我眼前
占去我大半的视野

女人性感妩媚
小女孩扎两个小辫
天真无邪
母女俩真像
小女孩像是
披了她妈的活皮

瞅着她们俩
我想
这个性感的女人
倒退上十几年
天真可爱
看吧
这个天真的小女孩
要不了多久
丰乳肥臀

相片

这张像照得真好
照片上的我
看上去人模狗样
从内到外近于完美
人们看了都点头称赞
说帅气，而且还
春风得意
自己倒是
吃了一惊

只有自己最清楚
真实的我远不是
照片上看到的那样
相貌太普通不说
在生活的泥淖里还被弄得
狼狈不堪
实际上就是一个屌丝男
就在拍照的前一天
还迷迷糊糊做了一夜
猥琐的梦

女同学

眼前这位女同学
与我未谋面已十八年
我认了她八分钟才认出就是她
上学时她青春靓丽而天真
惹得班上许多男生情不能禁
现在，经历了十八年的她
完全是另外一个样子
她很时尚。但我知道
纹得又黑又细的眉毛和脸上
擦得厚厚的粉，不代表她虚荣
她是与岁月抗争

一毛钱

一扭头，发现
一毛钱躺在街面上
要不要捡起，我心里盘算着

记得小时候
捡了一毛钱或几分钱
高兴得像过年

可岁月已过去了几十年
……

最后我还是没有捡
像其他人一样
瞥了几眼

两颗必将掉落的牙齿

有两颗牙坏了
医生告诉保不住，掉落是迟早的事
检查结果在那儿放着
我也深信

于是我时常用手摸着
这两颗肯定会掉、不知哪一天会掉
现在还在嘴里还是我
身体一部分的牙齿
感觉既真实又虚幻

犹如人一辈子几十年
很快就会过去
现在还有血有肉有思想的我
总被真实与虚幻交替的感觉
袭击

点赞

自手机上有了微信
人们在微信里有了朋友圈
朋友圈内流行点赞

你发一个消息，我点个赞
我发一个消息，他点个赞
表示我们互有关注

点赞不要钱
所以不管你发的是啥
人们都大方地点个赞

可这里面也有猫腻
比如你和他圈内同有一个朋友
点赞却有不同

你和他或是身份不同
或是与那个朋友的交往不同
不要钱的点赞就有了差别

或是总坚持给你点赞的朋友
突然间再没了动静
你发现他还在别处点赞

点赞是在虚拟的网络
慢慢就让你
对现实的空间做以判断

夜里，两瓶啤酒，坐两个钟头

小一点，尽量小一点
夜已经深了，我俩小声说
不要让我们的微言微语干扰其他的人们
夜已经深了，凉风起了，真好
铺两片废纸，坐在路边的台阶上
只说一些最为真实的知心话，说一些
存放于心底的只言片语
轻轻地，似拂过面庞的微风一样

夜已经深了
陪伴我们的只有两瓶单价三块五的啤酒
实际上我们说的话很少
更多的是用两个啤酒瓶轻轻的磕碰交流
每“干杯”一次，仿佛在说
你说吧，我听着。说吧，我懂
说过两句后，就各自抬头傻傻地望着星空
似在消化刚才的语言，又或是
等着后面对话的内容，从心底流出来

夜，真好
啤酒，真好
我和你就这样静静地坐着，真好
离开时你对我说
像今晚这样的“与世无争”，真好
我笑着点点头：是的，真好

当我老了

再过二十多年，或者十几年
我就成了老人
当我老了，我想
当这二十多年的光阴白驹过隙一般闪过
一切都不会改变
每天清晨升起的太阳把光辉洒向人间
告诉人们新的一天开始了
傍晚时夕照在天边逐渐收尽最后一抹光芒
让人们或喜悦或感叹或惆怅
各式各样的人依旧演绎着各式各样的事
当我老了，世界还是这个世界
从我脸庞吹过的仍是二十多年前的风
这样的想法在我脑中逐个闪过后
蓦然发觉自己真是太粗心
当我老了，光阴在年老的父母身上
在我的亲人们身上
也已走过了二十多年
白驹过隙般闪过二十多年，当我老了
从我脸庞吹过的啊，早已不是
二十多年前的风

一只蟋蟀

一只蟋蟀
是在我打扫房间时发现的
就躺在窗户下的地板上
是一只死了的蟋蟀

这是在我家中
蟋蟀也是死了的蟋蟀
它没有鸣叫
没有唤起我的乡愁

它只是唤起了
我的怜悯之心
我放下手中的笤帚，蹲下身
看了它好一阵儿

我也没有遐想什么
在可怜它的同时，把它的尸体
郑重地安放在窗外的草坪上
以表示我的感恩之情

感恩这一只蟋蟀
让我从名和利的世界里把目光收回
静静观望
一个逝去的渺小的生命

本来好端端的一个人

去医院看了一位病人
他出了车祸
做了开颅手术
重症监护室昏迷了半个多月
我见到时，他虽然醒着
但还意识不清
尽管有心理准备，我还是吃了一惊
他已经瘦得不成样子
憔悴得不成样子
本来好端端的一个人啊
站在病床边，我不断地
回想他未出事时的样子

好端端的一个人啊
我从医院走后，半个月了
还时不时回想
在医院见到他的样子

街道上几朵粉红的喇叭花

在街上走时
突然间眼睛一亮
我看到的，分明是一架鲜嫩的绿色
藤蔓上伸出几朵粉红的喇叭花
寂寞而自在地开着
引得我在它旁边驻足了几分钟
这几朵形似号角的花儿
我没有赋予它任何的象征意义
它只是让我闻到了
自己还是小屁孩时庄稼地头的花香
车水马龙的街道上
此时的我
与几朵不起眼的小花贴得最近

第三辑

沉思篇

替换

以前，活着的人聚首谈论
死去的人宛如一梦
现在，人们聚首谈论的
是以前活着的人

树林里的路

树林里有很多条路
每一条路都通向未知
有一条路属于你自己

树林里有很多条路
每一条路各有一道风景
只有一条路属于你

只有一条路属于你
那是最坏的一条路
哦，也是最好的一条

笼子里的仓鼠

被命运困住的我
坐在沙发上发呆
墙角一只笼子
仓鼠抓着铁丝网向外张望
想要寻找自由

我不敢
与这小东西四目相对
怕它把我
误认为上帝

我们四人

我们四人与他
在楼梯口相遇
我们都向他打招呼
他看一圈，也客气回应
——好，你们三个都来了
三个？我们面面相觑

接下来的半天时间
我们每个人
都费劲地想了很久

园子里

马路上车水马龙嘈嘈杂杂
园子的空地上
几个老头老太太打着太极
他们不管外面那些

不远处的我，独自坐在石凳上
在一本诗集里沉浸忧郁
我不管他们那些

一只苍蝇停落在书页上
在我的眼皮底下兀自梳理翅膀
它，才不管我这些

比如国庆七天小长假

国庆七天小长假
你怀着憧憬等待它
也许没有等待没有在意
然后它就来了
就是这样
国庆七天小长假
你也许做了周密的计划
也许啥都没想
然后它就过了
就是这样
国庆七天小长假
人们都共同度着假
人们都各自度着假
就是这样
人人都这样
它说短挺短
说长也挺长
然后你发现它过得真快
就是这样
绝对是这样
从来都这样

我

一个人，躺在沙发上看电视
我像多变的幼儿园小朋友一样
跟随电视节目里的剧情和人物
一会儿激情满怀
一会儿豪情万丈
一会儿忧郁地喟叹
一会儿不可遏制地泪流满面
我在一个人的世界里，我行我素
上演悲欢离合

第二天坐在单位
我干该干的事，说该说的话
像平静的池塘水波不兴

就这样已度过了三十七岁

至今不很明白
什么样子才是合适的自我
我，应该是个什么样子

一有空

一有空
就守着一壶清茶
呆坐
看起来
临近中年的我
对生活
无欲无求
像是
一口枯井

只有心知道
实际上总是等着
对这个世界
许多新奇的念头
从枯井中
长出来

这世上

躺在沙发上看电视
看着电视里的人和事
我总是清醒而准确地看出
他们的缺陷、幼稚和浅薄
甚至能试着给他们指出一条
应该走的路
那时我就像
睿智的上帝

可是下一刻
踏入人生河流的自己
总是随波逐流，茫然而无力
有时就试着偷偷祈祷，向
总是沉默不语的上帝

惊闻一个人死去的消息

我们正弄着茶道
边用繁琐的程序喝茶边谈论人生
这时大伯的儿子打来电话，说了几句
挂电话时告诉我，我家隔壁的李婶死了

李婶死了
突然间我只觉得心脏一沉
胸口很是有几分压抑感
我不由得立马回想
就在我家隔壁一出门就能碰上的李婶
常常夸我不嫌弃老人很乖很善良的李婶
几个月前不慎跌倒摔伤胯骨的李婶
摔伤后拄着拐杖总是说自己活不了多久的李婶
四五天前还来过我家与我说了几句话的李婶
她死了

接下来的一阵时间
我既有几分惊愕又有几分悲痛
李婶的突然死亡，在我内心
像燕子划过湖面，荡起几圈涟漪
我唏嘘着把这件事告诉给喝茶的朋友
他们也都严肃地叹着气表示同情

可是，半个小时后，只是半个小时

我便感到内心归于平静
我们繁琐地泡完了最后一壶茶
觉得有些饥饿的我，吃了一大碗油泼面

属于自己的美好

早晨，来到单位不久
才发现有一件东西落在家中
上午要用的一件东西，看来只得回去一趟

街道上已没有了大人们匆匆上班
学生们匆匆上学的匆忙景象
是我平时坐在办公室看不到的
匆忙过后的另外一番模样
我走在跟上班时“不一样”的街道
心里竟也有了别样的感觉

途中，让我心情陡然一亮的
是经过那家水果店时，飘扬而来的一段
熟悉的美妙旋律，还有
路口转弯处，遇见的一位长发美女
款款而来的优美倩影
我相信，这是对我单调枯燥日子的一点馈赠
我也相信，在日复一日平凡的生活中
某个人，某段时间，都有属于自己的美好

估计是场火灾

晨练的人们举首望着的方位
正腾起一团一团的黑烟
毫无疑问，这黑烟
稍稍打破了晨练的秩序
估计是场火灾，有人说

十几分钟后
黑烟散尽，又平静如初
估计控制住了火情，我想
人们举首远望、议论、猜想
但无人真正知晓，那一排排的
高楼后面，腾起黑烟的远处
经历了怎样的故事

绕着广场走圈的人们
又都把目光投向另一边，看那
正冒出半边脸，硕大鲜红
像水彩画一样的朝阳

握手

我从小就知道
握手，是人与人
交往的礼仪
见了面，或告别时
相互握个手
就算打了招呼，表示我们
还是同类

慢慢发觉
就一个握手，简单的动作
有很多不同
有人与我握手
紧紧的，用了挺大的劲
有人与我握手
时间挺长，好一阵没有松开
有人与我握手
我的手伸出老半天，他的手才递过来
还有人
时间很短，只是点到为止
而有人呢
手动也不动，像是只等着
我的手去找他的手

有人告诉我

握手，有很多学问
比如与你重重握手的人
说明对你挺重视
再比如……

去他妈握手的学问
我是个简单的人
只把握手
看成简单的动作
每一次握手
就同他握个手
从没想过，让这个简单的动作
变得那么复杂

你心里清楚

你见过的那个人死了
你没见过的那个人也死了
你心里清楚
你认为快要死的那个人死了
你认为根本不可能死的那个人也死了
你有些吃惊
你周围的人这些年一个一个死掉了
他们以后还要一个一个死掉
你有些不愿想
你有时想到自己的死
心里有些复杂
你心里清楚
你有些吃惊
你总是不愿想

一只空鱼缸

那只鱼缸
买回来很久了
却一直忘了买鱼
放在柜子上
空空的

我时常
坐在沙发上望着它
想象着
里面鱼的样子
放几尾黑色的
像神秘的精灵
或是红色的
像热烈的火苗
要么就
养两条蓝色热带鱼
看它们优雅地舞蹈

鱼缸
还这么空着
看上去落寞
却让未来的日子
有多种可能

好车

多种牌子的好车
它们就是跟一般车不一样
气派

好车就是好，钱多
它们总让路人
眼睛一亮

开好车的人
他们看上去就像是
比其他人牛

我一个朋友，有些独特
对那些高档的俗物
只是嗤之以鼻

他总说
去他妈的好车
他们只是车好

有时我们正看蓝天白云
就有好车
从面前开过

我和他都看好车一眼
我还发现
他的眼睛也亮了一些

澡堂里

1

不太好闻的空气里
是一条条高的矮的胖的瘦的黑的白的丑陋的裸体
想到刚才外面形形色色时尚性感帅气的人们
此时很感到几分不真实——
面对一群真实的裸体感到的不真实
便不想在这里待得太久

或许，不过于真实的世界才是自然合理的世界

2

三间房大小的澡堂里
三十多个人在洗澡
人们做着相似的动作，各自洗着澡
这么一群人
赤条条地聚在一起
一点也看不出身份

3

水雾里聚集的

是一群几乎相同的裸体
都是身体无毛能直立行走的动物
不同的只是高低胖瘦
一个个赤条条的
像刚从伊甸园而来
同样也是赤条条的我惊奇地想
正是这些几乎相同的动物，让这个世界
像蛛网一样错综复杂

“每个人原本不该一样吗？”我说
当我又一次看到人们展露出
极为相似的生殖器

4

赤裸裸的一群人
毫无包装的一群人
聚在一起
相对于刚才澡堂外面
形形色色漂亮潇洒的人们
这一群人，当然也包括我
真实地显露出各式各样的丑来
每次置身于如此真实的世界
总有几分不舒服

还好，这真实而丑陋的世界
只有短短一小时左右的时间

5

澡堂里，我和他
第一次相遇
我们曾在
多种场合见过面
在市政府的大楼里握过两次手
在一次婚宴上碰过一次杯
一同参加过一家酒店的开业典礼
一次音乐会上我们恰好坐在一起
他潇洒帅气的样子
给我留下了一定的印象

水雾弥漫的澡堂里
我和他相互认出后
嘴上打着招呼
眼睛却异样地打量对方
我们最最本真地面对，却感到了
从未有过的陌生

戏子

当帷幕拉开
我就成了另一个生命
我舞动长袖历经悲喜
尽管我的面容涂满了
浓重的油彩

有人说，不要相信
戏子的微笑和眼泪
亲爱的朋友，今生今世
我注定要尝尽
尝尽生命的悲欢与合离
尽管，尽管是在
别人的故事里

秘密

我躲在黑暗里
偷窥上帝
看他如何毫无防备
泄露了秘密

我看到花落又花开
看到奶奶死了，父亲老去
我从一场婚礼看到
葬礼

上帝坐在云端，乏味无趣
我想啊
上帝也是个孩子
他本来就没有秘密

又是一个故事

你准备在某一刻离开
忽然由于一个原因
因此改变了脚步
即使是在同一条道路
五点钟出发
是一个故事
五点半出发
又是一个故事
你只能
选择一种

篱笆那边

篱笆那边
有草莓一片
我知道，我可以爬过
如果我愿

透过鲜红的诱惑
我看到上帝的诡笑
哦，亲爱的，我没有得到
我就躺在草地上
看那边，几只蝴蝶舞蹈

秋风飒飒至了

秋风飒飒至了
满树的黄叶匆匆飘落
春风徐徐吹来
满树的枝条纷纷发芽
生命
竟是如此的简单明了

风景

你从我视线里走过
犹如海洋上掠过的
帆影
总是这样
得不到的，我们就叫作
风景

风

风
永远没有归宿
却永远有
属于自己的路

歌唱的鱼

水池里
一条快乐的鱼
尽情穿梭
放声歌唱

渔夫在岸上
哈哈大笑：
鱼儿，鱼儿，可怜的鱼儿
真是没有头脑

然而
鱼儿依然歌唱
并且
嘲笑似的看着岸上

上班路上

上班路上
一个肥臀的少妇
在我前面不远
同我走了一路
她性感的背身
不由得我一边欣赏，一边幻想
她却毫不知情，我敢保证
真奇怪，她却毫不知情

她毫不知情
我却内心翻腾了一路

逼迫者

年轻女孩
和我同在一办公室里
我就感到有些不方便
有点小小的压抑
慢慢地，我发现
她其实很可爱调皮
甚至说话做事都无所顾忌
一次她撕一截卫生纸笑着说：
今天喝水多了，又要上卫生间
我也跟着笑一笑
她出去后，我坐在办公桌前
想着她攥一截卫生纸
喝水多了去了卫生间
不自觉地猥琐地想着

她是我臆想的逼迫者

心里话

我和他一边走一边闲聊
说着说着就说到关于女人的
猥琐的话题。说到这里
我和他就越说越起劲
他就嘿嘿笑着越说越具体
越说越逼真，嘿嘿地笑着
我就玩笑似的说：
“看来兄弟你经历得挺多啊”
“没有没有没有，我哪能啊”
他把头摇得像拨浪鼓
可我察觉了他脸上瞬间的变化
我知道是他忘乎所以露了底
他说的不是心里话
我还是假装着点点头
我知道换了我也一样
形形色色的人们都一样
有几人说的是心里话
哪怕是露了底

逛超市

人们都爱逛超市
我也常去
每次去转一圈
发现要买的东西很少
很多时空手离开
因为尽管超市里东西琳琅满目
而我真正需要的很少

缤纷世上
我真正需要的是什么
却没有认真考虑过

半根蜡烛

晚上
突然停电
霎时没有了光亮
人们焦急万分
我在黑暗中坐一会
想起抽屉里还有半根蜡烛
赶紧找出来点燃
房子里又有了光亮

这不起眼的半根蜡烛
虽能发挥重要作用
却不在人们的视线范围

陪领导吃饭

一场酒宴下来
我就吃了
两片牛肉
几粒醋泡花生米
几筷子木耳
几筷子粉条
喝了一肚子酒
晕晕乎乎地回去后
喝了一大碗稀饭……

酒宴当中
我要操心催菜
给在座的人添酒
上菜后转桌盘
给每人递餐巾纸
想笑时没有笑
没有笑意时随同大家
笑了几声
吃菜不能太惹眼
喝酒挨个一干而尽……

即使如此难堪
人们也争着
陪领导吃饭

车上车下

在路边等人
一辆列车呼呼地驶过
看着车厢里远去的人们
我感到身处原地的落寞

记得前些日子
自己坐在远行的列车上
望着车窗外散步的人们
感到身在天涯的孤单

车上车下
我都作了生活的旁观者

剧目

一部电视剧下来
我跟随剧中的人物、情节
卧在沙发上
开心笑了十多次
悲伤哭了十多次
气愤骂了十多次
默默祝福了十多次
坐在电视机前
紧张过，轻松过
平静过，不安过
我深深投入到电视剧目中

完后我想
人生这部剧目
不短不长
我是该深深投入呢
还是应身心安泰地
轻轻观望

对门

单元楼里
住了一年多
跟对门没说过一句话
我们住在四楼
门一关就是两个世界
偶尔在门口或楼道碰面
也只是看一眼，有时略微点一点头
我搬家那天
几次想好准备向对门打声招呼
但离开时，我抬起一只手准备敲门
还是在空中停了几秒钟又放下了
……
也许啊，世上的很多事情
人们都不易迈出第一步

妒忌

同学李明很一般
长相很一般
工作很一般
家庭情况也很一般
前几日我和他偶然相遇
见到他讨的老婆
却很时尚性感，真美
我不是心存妒忌的人
我说，祝你们幸福美满
从心里也对他们发出祝福
不知为什么
当天晚上
我却做了一夜的梦
梦里不断地想：
他，怎么有个那么美的女人

就在那一天

网上看了几条新闻
都是昨天发生的事情
那一天，在广州的一条街道边
一个被丢弃的女婴躺在纸箱子里啼哭
那一天，福建省龙岩市的一处风景区
樱花正盛开，风景如画游人如织
那一天，河北邢台
人们摆开花圈撑起挽幛
流着泪送别因救从冰面上落水的老人而牺牲的一名
　普通男孩
那一天，长沙市八一路一家酒店门口
前几日因高利贷债务纠纷发生命案的死者家属
在酒店前讨要说法，随后被保安驱赶离开
那一天，广西防城港市一处广场上
两名自称是河南人的青年，带着两名孩子
将一根铅笔粗细的钢筋紧紧绕在孩子脖子上，让其
　玩命地卖艺
那一天，台北市的一家酒店内
一场选秀活动落下帷幕
得了冠军的女孩举起鲜花向观众频频挥手
那一天，上海市郊区一出租屋外的地面上
一名三十多岁的女人跳楼身亡，躺在血泊里
警察正在调查事故原因
还是那一天，在西安街头

一男孩抬出九百九十九朵玫瑰浪漫求婚
四川成都，一家商场门口
一美女演员正签名售书，人潮如涌

在世间各个角落发生的不同故事
都是出自同样一天
我知道在纷繁世间
永无止息地上演着一幕一幕不一样的剧目
我在网上看到的几条
简直够不上冰山一角
但当这些出自同一天的事件
进入汇聚到我的眼睛我的脑海
我还是把目光投向窗外，心里翻腾了一阵

哦，让我想想，那一天我干了什么
就在那一天，我完成一天的工作之后
望着天边平静的夕阳，回想自己
前半生走过来的路和许许多多的故事
心情像人生一样复杂

饭局

饭局上，感到有些饥饿的我
每一个菜上来，都吃得很香
没吃时筷子也总是拿在手上，准备夹菜
我看到其他人都端端地坐着
相互点着头，微笑着，偶尔
拿起筷子吃一小口，嘴里相互说着“你吃你吃”
他们像是都吃得很饱似的
我也没有觉得有什么不妥，除过添茶、碰杯
只是自然而然地吃着，心想这是再正常不过的
慢慢地，我感觉其他人像是都在看我
在他们面前自己像是与众不同的一个怪人
终于，认为这再正常不过的喜欢随性的我
不由得也像他们一样——
面对着一桌子的菜
放下筷子，端端地坐着，点着头
偶尔拿起筷子吃一小口

素颜

早晨遇到她
好一阵没认出来
她最后不好意思地告诉我
刚从床上爬起来
没来得及化妆
她是我相处了三年多的同事
我竟没认出素颜的她
人们习惯于掩饰下的事物
面对真实却感到陌生

好色者

酒宴上，老板娘俯身添茶倒酒时
不知是故意还是不小心
开得很低的领口处，总是
露出雪白丰满的两片肉，直逼人眼睛
围坐在一起的十几个人
便都向那里看了几眼
让我分不清，真正的好色者是谁

借着那只狗

女人很性感
她脚下带着的狗
精巧别致，很吸引人眼球

我们擦肩而过后，我扭过头
看看狗，又看看女人
看看女人，又看看狗

借着那只狗
我在众目睽睽之下
把那个女人，大胆地
看了很久

鱼缸中的鱼

我轻松地看在鱼缸中游动的鱼
朋友说，其实我们是被另一只手困在鱼缸的鱼
我说是啊，可我们要向鱼缸中的鱼学习
就像它们那样在鱼缸中游

避雨

连我一共九个人
来到一亭子下避雨
九个人互不相识

亭子很小
九个人站得满满的
外围一圈都露出半个身子

一个人看着他身边两个人
向我这边努努嘴
他们就把我们挤出了一些

我也看着自己身边两个人
向他们那边努努嘴
我们就又过去了一些

人们都互不相识
各自为了避雨
瞬间形成团结
配合默契

等待死亡

那七条小鱼
从买回来到逐个死光
总共是二十一天
刚买回来时
朋友就告诉我
这种鱼不好养
他以前养过
一个月内绝对死掉

果然第二天
就死掉一条
每天进门
我就直奔鱼缸
看看有没有鱼死掉
一有空我就盯着鱼缸
猜想接下来死掉的是哪一条
多少天之内又会死掉一条

二十一天我一直在等待
等待一条条鲜活的鱼死亡
全然没有了观鱼之乐

我还是善良的人

在街上我沮丧地走着
因工作的压力
生活的单调乏味
身体难以消除的顽疾
加以昨晚不太好的睡眠
一早起来就精神萎靡
心情跟今天多云转阴的天气一样沉闷
我沮丧地走在去上班的路上
当远远地看到一家商店门口
两人谩骂着厮打在一起
狼狈不堪的样子
瞬间改变了沉闷的状态
我竟像得了好处似的提起了精神
不知怎么回事，这到底怎么回事啊
我想我还是个善良的人
对很多不幸的事物总存有恻隐之心
我这个还算善良的人
扭头看向围过去的一群人
边走边看，好像卸了枷锁一般
脚步也变得轻快

变化

刚开始时人们很肃穆，真的
在革命烈士陵园参加公祭活动
我站在队伍当中
像陵园里的松柏和铸像一样沉默
心中升起怀念英雄先烈的悲情
其他人也都胸口戴着白花
略低着头静静地站着
当一群少先队员唱起一首革命歌曲
我眼角还聚集了一些泪水

大概半小时后
仪式还没结束
队伍里开始有了变化
有人左右张望
有人抓头挠腮
有人站成稍息的姿势
有人与旁边的人低语
我心中也消散了升起的悲情
望着前面一个女人及腰的秀发出神
人们不再像起先那样静默
都逐渐做起了小动作
后来，不知从哪个方向
还传来谁无所顾忌的一声响屁

结束后负责的人意见很大
说同志们太不严肃了
在这样的场所参加这样的活动
怎么没一点受感染的心

游戏

儿子玩积木游戏很熟练
每一次玩都兴趣十足
他要教我，我不想学
拗不过，就试着学了
这小家伙教起来一丝不苟
而我不知是漫不经心
还是不得要领
学起这孩童的游戏总是学不好
最后他嘲笑似的说我——真笨

他高兴得太早了
我正打算开始慢慢培训他
成人之间的各种游戏

扔垃圾

早晨出门
拎出一大包垃圾
这包垃圾真够丰富
基本包含了我这十来天的全部生活
有吃的，有用的，有玩的
有酸的甜的苦的辣的
有非买不可的，有一时冲动买来的
有给我愉悦的，有让我闹心的
现在统统成了垃圾
我收拾成一大包，往屋外的垃圾桶一扔
便感到一身轻松

人生一天一天过去
过去的日子
就会生成很多垃圾

交通值勤

按照安排
我们轮流在一十字路口值勤
阻止行人乱闯红灯、横穿马路
做文明的引导者
碰到我行我素、不听指挥的行人
我就有些生气地提醒他
——要文明地遵守交通规则

平日里自由随意
过马路时常不在乎红灯绿灯的我
戴着袖章，拿着指挥小旗
像模像样站在路口
看上去是个完美的人

酒吧女郎

灯红酒绿里
她性感妩媚
极尽魅惑之能事
我不知道
她激起了多少男人的荷尔蒙分泌
但我明白
在像我五岁的儿子这般大时
你想
她绝对清纯

革命纪念馆里遭遇性感女人

一眼瞥见她时
正是我在革命纪念馆里
瞻仰着一幅幅革命战争和英雄图片
心中涌起革命激情和缅怀之情的时候
她也正和人们一样
肃穆地观看展览

我发现她时
周围几个人也把目光移开投到她身上
我知道是她婀娜性感的身姿吸引了人们的视线
于是接下来
我便不断把目光在展览图片与她的身影之间游移
一直到离开纪念馆
一直到各走各的路

庄严肃穆的纪念馆里
是一个女人近在咫尺的性感气息
湮没了遥远战场上腾起的硝烟

小狗之死

风和日丽
一只小狗惨遭杀害
它不知道自己为何要死
它从没有相信命运

死 在马路上
成了一小片污点

路过的人看到了它
说一只狗压死了
其他人也都望了一眼
哦，是压死了一只狗
对，一只狗
看看天
天气可以，风和日丽

远了，像马路上的一个污点
看不清是一只狗

拄着拐杖的老人

拄着拐杖的老人并不很老
半身不遂的身体和胡子拉碴的面容
使他看上去很有些老
他总是在清晨和傍晚，在小区的院子里
颤颤巍巍地走动
像枝头孤零零摇晃的树叶

我一共遇到他四十多次
只说过两次话，两次加起来不超过四句
“出来转转？今天天气还可以”
至于其他的，我没问过，他没说过
我一直没问，他也一直没说
每次相遇
我和他只是友好地点点头
算是打了招呼

其实很多次我是欲言又止
他这样，绝对是有一大堆的故事
不过我想，我们这样挺好
在他身上就像什么也没发生
还有令我欣慰的
是他每次与我打招呼时露出的笑脸
我明白
他已迈过了那些坎

那个窗口

看着那个窗口
总让我走神：
想那里面是男人？是女人？
还是年迈的老人？

看着那个窗口
总让我猜想：
他们的生活是忧愁？是幸福？
还是像我一样？

唉，那个窗口！

拾荒者

又捡到一个可乐瓶
将它装入蛇皮袋中
他又有了一份收获
谁没有吃完的半盒米饭
成了他饥饿难耐时一份
珍贵的口粮
每天穿行于大街小巷和路旁
却与南来北往的人流格格不入

拾荒者灰头土脸四处找寻
犹如冬天里出外觅食的麻雀
人们丢弃的正是他要寻找的
他要用它们换成财富
来聊以维持自己的漫漫日子
和人们所不得而知的
一些秘密

树上最后一片叶子

树上最后一片叶子
在枝头静静地挂着

过往的人们不时抬头看看
不知它想些什么

它什么也没想

此时的我

我从我居住的城市踏上列车
列车载着半睡半醒的我
在夜色中穿行了一夜
天亮时抵达另一个遥远的城市
此时的我，还是刚上车时的状态和感觉
谁能说，我不是刚上车时的那个我
此时的我，沐浴在新的陌生城市的晨光里
谁又能说，我还是刚上车时的那个我

太阳在另一座城市升起

在另一座城市醒来
看到正在升起的太阳
熟悉又陌生
我知道在我生活的那座城市
太阳也正在升起
在大大小小许许多多各式各样的城市
太阳也正在升起

在不同的城市升起的
却是一模一样的太阳
升起的一模一样的太阳
却是在一座座不同的城市里

草丛里冒出的几朵小花

心情郁闷时
就在园子的小路上
来来回回地走
路边的草丛里
几朵小花探出头来
我总以为
它们是多么的快乐自在
它们总以为
我是多么的春风得意

遇见一位乞讨者

匆匆赶路时
一抬头
一乞讨者来至近前
他向我伸出手

不知有没有零钱
听说现在冒牌的乞讨者很多
上班时间快到了
反正我常常施舍

以上这些
是我头脑里
瞬间冒出的想法
这许多想法让我
只约略一停
又迅疾走过

我没有给他钱
我知道
路人看到的是一个
冷漠的身影

真实

他清楚
女人表现出的
婀娜的曲线
大都是用衣物
粉饰的
但很诱人

让他苦恼的
是他
欣赏她们曼妙身姿的当儿
总在脑子里妄想着
把那些假的衬托物剔除后
她们的样子

他总习惯于
还原真实

泄密

那个男人一上车
就吸引了众人的视线
人们都扭头看他
看他的很光的头
看他浓密的络腮胡子
看他结实的臂膀
还有臂膀上醒目的纹身
有了一阵儿
他终于被人们看得
不自在了
忽然一弯腰，天哪
人们都看到了
他露出的一截
女式的蕾丝裤头

一车的人
只有他一个
泄露了秘密

手机里的一张照片

摆弄手机时，发现一张照片
村子里一位老人的照片
我去年秋天拍的
她是一位节俭的老人
吃完饭总把碗舔得干干净净
她是一位没见过世面的老人
见我用手机打电话总好奇地望着
她是一位容易满足的老人
逛了一次超市高兴了好几天
她是一位孤独的老人
我常看到她一人坐在屋外落寞的神情
她是一位对生命无比留恋的老人
时常说“离我年轻那会儿才有几年啊”

她已经去世了
是在去年冬天
我看着照片，想了想
还是按下了删除键

一瞥

那天路过一条街
映入眼帘的
是一家婚纱店
和一家花圈店
两家店比邻而居

一个代表
喜庆，美好，开始，永恒
一个代表
悲痛，晦气，结束，短暂
两个比邻而居

那样的一瞥
让我似乎看到
上帝对人类的嘲弄
又似乎看到
人类对上帝的不屑

上山下山

你说，人生就像
上山下山
上山时你只管昂首向前
下山时尽量保持平稳安静

我怯怯地问，人一辈子
啥时算上到山顶
啥时是走在下山的路
你想一想，默不作声

那天游文化廊桥

在夕照的迷人光芒里
我独自一人
去宝鸡有名的文化廊桥转了好几圈
廊桥两边的风景很美
但桥上两侧的绘画和碑刻的诗文
更是吸引人
酷爱诗词文化的我，走走停停
从《诗经》里的篇章到清末民初的文人诗句
都在心里读了个遍

回去后朋友问我
在桥上都看了哪些诗词，说几个来
想了半天，也没能完整地记住一首
朋友不知道的是
在廊桥末端的一个拐弯处
一对男女倚着栏杆忘情接吻的镜头
我还清晰地记得
当时桥上两个男青年坏坏地说：
“你猜他们是一对恋人还是在偷情？”
还留在我的脑海里，浮动着

独上高楼

独上高楼
要么是飞扬的雄心，要么是愁

举目是蓝天白云
俯首是熙攘的人流

半天不说一句话
只淡淡地笑一下

早已猜透了上帝的阴谋
他却弄不懂我下一刻的心思

第二次握手

握手很正常
握手就握手
谁都握过手
人和人相见
总要握个手
所以我和他相见
像朋友和他握手那样
很自然地伸出手
和他握了手
我是不善交谈之人
朋友却热情地对他介绍了
我的一些背景和重要关系
他突然对我伸出手
要又一次和我握手
我一错愕，迟疑着
又一次同他握了手
这次握手后
迟钝的我蓦然感到
半分钟前的第一次握手
他迟疑了一下
而他的手
握得真他娘轻

那晚心情颇不宁静

那晚心情颇不宁静

天性敏感的自己
忽而想到若干年后的
死亡
就异常强烈感到
人生的虚无

一个人坐在园子里
呆呆地想

十分钟的工夫
我的胳膊和腿上，就被蚊子
叮咬了十几个包
刺痒难耐，我只得
一边抓挠一边和蚊子战斗
竟也淡忘了人生虚无这件事

叮咬我的几只蚊子，驱逐了
难以自拔的形而上的思考
带给我的不安和痛苦

两条街道

走在街上
遇见一群人闹事
有骂的，有打的
有哭的，有叫的
有看的，有劝的
乱乱哄哄
不到一分钟，转一个弯
来到另一条街道
人们都各自做着事
不惊不扰
像是到了另一个世界
我知道
这里根本不知道那里的事
实际上我明白
一切正常，一切
本来就这样
我感到奇怪
只是因为我几乎在同一时间
经历了两个
不同的地方

被认作小偷

一上车，我就看到
车上一共八九个人
几个男的，几个女的
还有一个头发花白的老人
全都低着头
玩手机
我扭头看一圈
嗤之以鼻

过了十分钟
他们还在玩手机
我看一阵窗外，又收回目光
望望这个，望望那个
有些格格不入

又过了十分钟
他们还在玩手机
我就假装睡一阵儿，又睁开眼
不知所措
司机开始不停瞟我
疑心我图谋不轨

于是，我打开包
拿出手机

总跋

让诗为我们留下今生的证词

◎ 白麟

《诗经》源头、《周礼》风雅——我想这句话或许最能表达一个本土写作者对宝鸡这片沃土的敬意和感激！

《诗》云："周原朊朊，堇荼如饴。"是啊，宝鸡是周秦文化的发祥地，素有炎帝故里、青铜之乡、东方佛都、文明之邦的美誉。七千年前的北首岭遗址，让我们回望先人的原始简朴；三千年前的木铎之声，又帮我们吟唱那浸满民间烟火的古风谣曲；而八十年前陇海铁路的一溜汽笛，则拉开了这座城池现代工业的序幕；当年古丝路西行的第一大驿站，如今又变成"一带一路"的重要节点……

毋庸置疑，这块皇天后土是哺育华夏文明的摇篮，是生长史诗的圣地。《诗经》《周易》《周礼》等中华传统经典均诞生于此；这里出土的"中华第一古物"石鼓文是我国最早的石刻文字，也是现存"原汁原味"最古老的诗歌；扶风才女苏惠（苏若兰）的织锦回文诗《璇玑图》，竟令女皇武则天为之作序称叹；苏轼初仕凤翔，任上有二百多篇（首）作品问世，留给这方热土的赞美诗就有三十二首；陆游在宝鸡大散关抗金九年，留下"铁马秋风大散关"的千古绝唱。更别说汉时曹操、班固、刘彻、曹植，唐有杜甫、李白、王勃、岑参、韩愈、李商隐、白居易、卢照邻、皮日休、高适、王之涣……多少过境或流寓至此的文人雅士吟诗歌赋，不胜枚举，宝鸡也因之被誉为"唐诗的西海岸"！

值得一提的是，自中国新诗诞生以来，这块热土依然偏爱文人骚客的雪泥鸿爪，茅盾、老舍、梁实秋、王亚平、索开等人的串串足印，仿若渭河上曾经的点点白帆……名噪一时的抗战诗人侯唯动是本土诗人的代表，其代表作《斗争就有胜利》等在中国诗坛上产生过广泛影响；“文化大革命”后期“七月派”诗人胡征、老八路诗人魏钢焰等诗家也曾流放这里，再次点燃宝鸡诗歌的火种。新时期以来古陈仓诗潮奔流，已然成为西部诗歌的急先锋，被新边塞诗人杨牧誉为陕西的“石河子”（诗城），在西部诗坛享有独特的地位和荣誉。

薪火相传，文脉接承。《诗经》是中国第一部诗歌总集，代表了古诗吟唱时代的群言；而1984年面世的“长安诗家”（一套十本，陕西诗人）、1985年推出的“中国当代青年诗人丛书”（一套十本，全国诗人）、1986年编印的“秦岭诗丛”（一套十本，宝鸡诗人），这些当年在中国诗坛引发强烈反响的民间诗丛，其实都是从“诗歌窑工”渭水、商子秦等主烧的“宝鸡窑”出炉的，尽管是内部出版，却预示着中国新诗的一次解放，是改革开放后自上而下中国新诗发出的群言；这次我们编辑的《阵地诗丛》囊括十一本个人诗集，也可说是吹响了新世纪宝鸡新诗界的群言。它不仅暗合着这座诗城的使命和延续，似乎也有了某种契合与意味。

十一部诗集的作者从50后到80后，年龄跨度超过30年，可见宝鸡诗歌创作并没有青黄不接。其中50后的陈泯宝刀未老，他的《清唱》激情燃烧；60后占半壁江山，范宗科的《秋天最末的忧郁》、武岐省的《行吟》、荒原子的《时光书》、牟小兵的《文字长成山川》、白麟的《在梦里飞翔》。他们稳扎稳打、厚积薄发，其中三位作者都是写作几十年了才第一次出版自己的诗集，敝帚自珍可想而知；70后秦舟的《关中吟》、柏相的《早安，首善街》、魏娜的《低语》、王金辉的《岁月顾自流淌》，他们属于实力派，状态可嘉；80后庄波的《一只在城里奔跑的小蚂蚁》，则让我们看到了希望。当然，我们期待会有更多的80后、90后、00后如雨后春笋脱颖而出，为这座诗城再添活力、再展锦绣！

之所以叫《阵地诗丛》,缘于2000年我和青年诗人马召平、秦舟发起创办的《阵地诗报》。这份诗报后由延安时期老诗人贺敬之题写报名，十五年来已出版三十期，在全国民间诗报诗刊中占有一席之地。这次由宁夏人民出版社出版的《阵地诗丛》，得感谢西部著名女诗人唐晴的成全，当然也感谢信任我而响应加盟的各位诗友，他们是当下宝鸡本土的中青年优秀诗人的代表。

今年是中国新诗诞生一百周年，我们有意在这个年份集结出征、坚守“阵地”，也是想对本土新诗创作来一次提振和展示，也是对《诗经》之乡和新诗百年最好的纪念与礼赞。

百年沧桑，世事皆空。光阴兵不血刃地湮灭了一茬又一茬人，而秦岭、渭河依然生死相依、山高水长，白云苍狗依旧我行我素、变化无常！一个渺小的人如何让自己的呼吸尽可能地长存于世，让后人看到自己的人生心迹？我想对文人而言，最实在的莫过于留下诗文了。人到中年，明知上天给予的时光不是太多，用诗歌的方式镌刻生命的轨迹，给自己留下到今生今世“来游来歌”的证词，又何尝不是一种欣慰呢！仅此，我亦感动不已。

从“文化大革命”结束的1976年算起，到今年整整四十年了。四十年来，无论新诗如何纵横流变，诗人如何才华四溢，但亲情、乡情、爱情、友情这些真情最终化作一簿簿诗情，怎不教人热泪盈眶！

此刻，一抬头就能看见秦岭的山影似波浪踊跃，渭水的波浪又似春秋大笔描画着人间的梦境……而这些，不正是我们依然爱着写作的诗人们要寻找的跳跃和胸襟吗？

2016年8月25日